良寛の俳句

◆良寛のウィット◆

写真と文　小林　新一
俳句解説　村山砂田男

考古堂書店

春

青みたるなかにこぶしの花ざかり

私は京都・山科《やましな》を歩く。緑の木々がひっそりとした静寂をつくる。ほのかに白いこぶしの花が住む人々と四《し》佛土《ぶっと》を表現する。

（新一）

京都・山科

世の中はさくらの花になりにけり

春である。風が匂う。春陽である。陽炎《かげろう》のたゆとう季節でもある。めらめらと輝くその奥に良寛は春殿《しゅんでん》をみたのであろうか。国上山《くがみやま》はその青さを増してくる。

（新一）

分水・大河津

鶯《うぐひす》や百人《ひゃくにん》ながら気がつかず

梅に鶯。たった一輪の梅の花が、古木に人知れず咲く。句の百人とはなんのことだろう。『百人一首』には鶯を詠んだ歌が一首もない。なんと、良寛さまはすばらしい。

（新一）

奈良・大和路

子らや子ら子らが手を取る躑躅《つつじ》かな

吉野・如意輪寺《にょいりんじ》の山道で見たつつじである。可憐《かれん》さがいっぱい。花びらの一つ一つが微妙に騒いでいる。遊んでいる。おかげで賑やかな山道となってくる。

（新一）

奈良・吉野路

あげ巻の昔をしのぶすみれ草

あげまきとは古代の髪形《かみがた》でもあるという。草やつるの姿をみての良寛の自然への愛情がほのかに見えてくる。役《えん》の行者《ぎょうじゃ》も歩いたであろう吉野古道の風景は、いまだに、変わってはいない。

（新一）

新《あら》池や蛙《かはづ》とびこむ音もなし

良寛がおとずれた須磨の海は、穏やかな波音と松林のつづく瀬戸内の海だった。いま、須磨海岸は大きく変化した。芭蕉の名句「古池や蛙とびこむ水の音」をかりて詠んだ良寛のこの句には、笑いと哀惜が交錯して現代でもいきている。

（新一）

兵庫・須磨

同じくば花の下《もと》にて一《ひ》とよ寝《ね》む

分水・大河津

新潟・白根

けふ来《こ》ずば
あすは散りなむ
梅の花

美しく咲く花も月も明日は散る。かいま見る良寛の人間性である。土粒《つぶ》が情けを静かにうけとめる。そこには小さな花もあり、雑草の生命《いのち》もある。非情成仏《ひじょうじょうぶつ》。良寛の心であろう。

（新一）

春さめや友をたづぬるおもひあり

岡山・倉敷

ほろ酔《よひ》のあしもと軽《かろ》し春のかぜ

水の面《も》にあや織りみだる春の雨

良寛の詩には、雨や夜をうたったものが多い。ひとり暮らしをまぎらすのには、雨の日や夜がいちばんだったのだろう——いや、沈思黙考、詩をつくり、歌を読むのには雨の日のほうが落つくのである。

戸をあけてそとを見る。うつくしい綾《あや》織りの水面《みずも》を雨がこわしてしまったと苦笑。だが、そこから発想の転換をはかる良寛だった。

（砂田男）

岡山・玉島

やま里は蛙《かはづ》の声に
なりにけり

山の水田に季節がくる。一人・二人、農夫の働く姿もちらほら。一ッ・二ッ、蛙の鳴き声もきこえてくる。風景にもようやく、喝采《かっさい》の形がみえてくる。

（新一）

山は花酒《さけ》やくの杉ばやし

雪しろのよする古野《ふるの》のつくぐし

新潟・鳥屋野

鶯《うぐひす》にゆめさまされし朝げかな

鶯の遊ぶ鳴き声で目をさまし、
朝の光が目にまぶしい。
さあ、今日という日が始まるぞ、
と良寛の生活ぶり…。

（新一）

倉敷・玉島

兵庫・須磨

須磨《す》《ま》寺《でら》の昔を問へば
山ざくら

須磨紀行のなかの句である。一日、須磨に遊んだ良寛が須磨寺のさくらを観賞し、白砂青松の瀬戸内の海を眺めての想いからの文章、紀行文である。いま、寺院の桜に陽光が明るい。

（新一）

苞《つと》にせむ吉野の里の花筺《かたみ》

高野紀行のなかの句である。高野の寺々を詣り、作水《さみづ》に宿をとり、吉野を歩いたであろう良寛が、その心象を良寛流に描いた紀行文である。そのなかで散った桜片を大切にすれば、その生命が功徳《くどく》をもたらすと、吉野山の象徴である蔵王権現《ざおうごんげん》の姿をかりて良寛はいっている。

（新一）

奈良・吉野

春の句によせて

村山砂田男

新《あら》池《いけ》や蛙《かはづ》とびこむ音もなし

蛙が春の季語で「かはづ」は雅語である。

良寛は五合庵に小さい池を掘り水を溜めていたというが、いまはそれらしいものも見当たらない。五合庵には、寛政九年（一七九七）ころからと、文化二年（一八〇五）ころからのつごう十五年ほど住んでおり、もっとも充実したころであった。国上寺にも近く、妹のいた寺泊、知友鵲斉《じゃくさい》にも近かった便を考えてのこともあったからだろうといわれる。

古池や蛙飛びこむ水の音　　芭蕉

芭蕉自身の作風の展開の上で、談林調から蕉風に至る転機、つまり蕉風開眼の句としてあまりにも有名であり、百人百様の解釈が生まれている。欧米語では、ラフカディオ・ハーン氏だけが「frogs」と複数に訳していて、論争のあるところだが、「音で静寂を聞く」というアイロニーのレトリックという点ではほぼ一致している。

良寛は、その歌・詩・書の芸術から実にユーモアの少ない人だったといわれるが、この句はおそらくユーモアという意識がまったくないところの大まじめさからのもので、良寛のユーモアの豊かさを思わせる句である。私は単なる戯《ざ》れ句とはとらない。芭蕉を崇仰した良寛の自虐《じぎやく》もみえて、いっそうおもしろいと思う。世界の詩人・西脇順三郎氏は、俳句はウイットの芸術。エニグマ（謎）だといっている。

「音のした池へ翁《おきな》の影うつり」という川柳をさらに何回転かさせたおもしろさもある。

子らや子ら子らが手を取る躑躅《つつじ》かな

躑躅《つつじ》が春の季語。晩春から初夏にかけていたるところに見られる落葉灌木《かんぼく》。こどもと遊んだ良寛の歌や詩はかなりある。「良寛とこども」は良寛の大きなイメージでもある。

冬ごもり　春さりくれば　飯乞《いいこ》うと

草のいほりを　立ちいでて
里にい行《ゆ》けば　たまほこの
道のちまたに　子どもらが
今を春べと　手まりつく
ひふみよいむな
汝《な》がつけば　吾《あ》はうたひ
あがつけば　なはうたひ
つきてうたひて　霞《かすみ》立つ
長き春日を　暮らしつるかも
つきてみよ　ひふみよいなやここの
とお　十とおさめて　また始まるを

この里に　手まりつきつつ　子どもらと
遊ぶ春日は　くれずともよし

「くれずともよし」が無心に子どもらと遊ぶ自然人良寛の面目躍如たる有名な歌である。

この「子らや子ら」の句にはひとつの主観と客観とが同居している。俗にくだけた呼びかけ、繰り返しの軽快感と、下五に客体であるつつじを配した手法は、いわゆる俳句的で、いわばオーソドックスな作風といえよう。「われと来て遊べや親のない雀」の一茶の句のフィクションとは異なる世界であるが、父、以南の「子等や〳〵子等が手をとるつ花哉」「いざや子等こらが手をとるつはなとる」の改作である。良寛は歌や詩についてはかなり推敲《すいこう》をかさねてきたようであるが、俳句では、誰の句でも口ずさんでいたものに自分なりに改作したり、即興で書いて人に与えていたようである。

ほかの春の句では

世の中はさくらの花になりにけり
(世のなかは花のさかりになりにけり)
水の面《も》にあや織りみだる春の雨
苞《つと》にせむ吉野の里の花筐《かたみ》
須磨寺のむかしを問へばやまざくら

など、それぞれの俳諧味をもった句である。

夏

鉄鉢《てつぱつ》に明日の米あり夕涼《ゆふすずみ》

木製黒漆塗《うるしぬり》。良寛とともに托鉢に歩いたお椀である。良寛が庵でくつろぐ。あした食べるお米はある。夕べの陽ざしはやわらかい。涼しい風が良寛の身辺《しんぺん》に幸福感をはこんでくる。

（新一）

なべみがくおとにまぎるゝ雨蛙
西蒲原・岩室

昼日《ひ》中《なか》真《ま》菰《こも》の中の行《ぎやう》々《ぎやう》子《し》

暑い陽ざし。ひまわりが大きく咲く。そして、小さなひまわりがそのまわりに点在する。目をあげれば、それらはぎょう〳〵しく賑やかな姿で暑さをみせる。（新一）

富山・黒部

人のみなねぶたき時の
ぎやうぎやうし

睡眠増《すいみんぞう》とは眠りたいと思う心が強いことだという。それなのに、蟬《せみ》どもがうるさく鳴く。伊勢神宮での私の経験である。（新一）

※「行々子」とは葦切《よしきり》（ウグイス科の小鳥）のこと。

三重・伊勢市

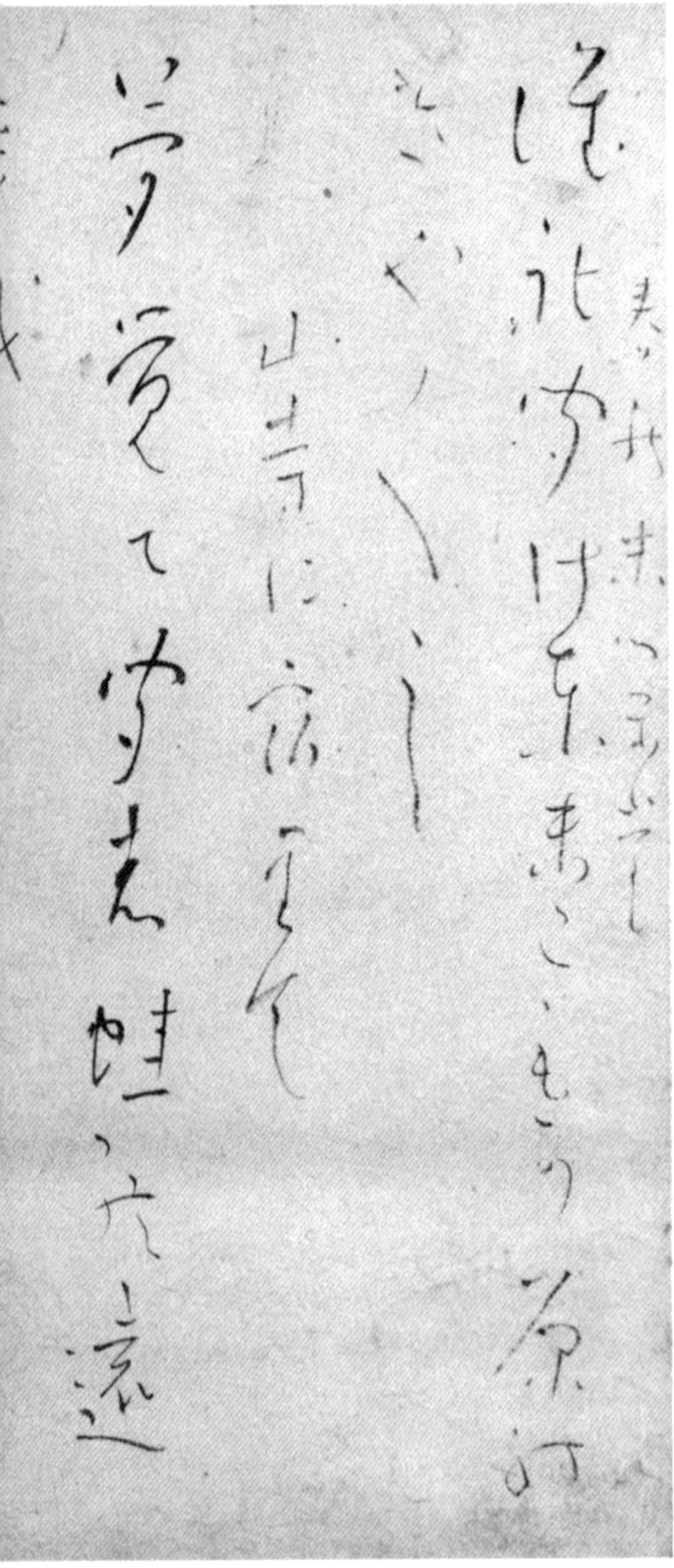

風《ふう》鈴《りん》や竹を去ること三四尺

光風霽《せい》月そのもののすがすがしさ。いわゆる俳句らしいよみぶり。ただし「三日月や梅を去ること二三尺」の以南の句の改作。だが、三日月と梅の取り合わせより、風鈴と竹林の配合のほうがずっといい。涼感横溢《おういつ》、清談の境はさすがというべきである。（「――二三尺」と記したのもある。）

（砂田男）

風鈴

一　風鈴や竹さき

二〇〇尺

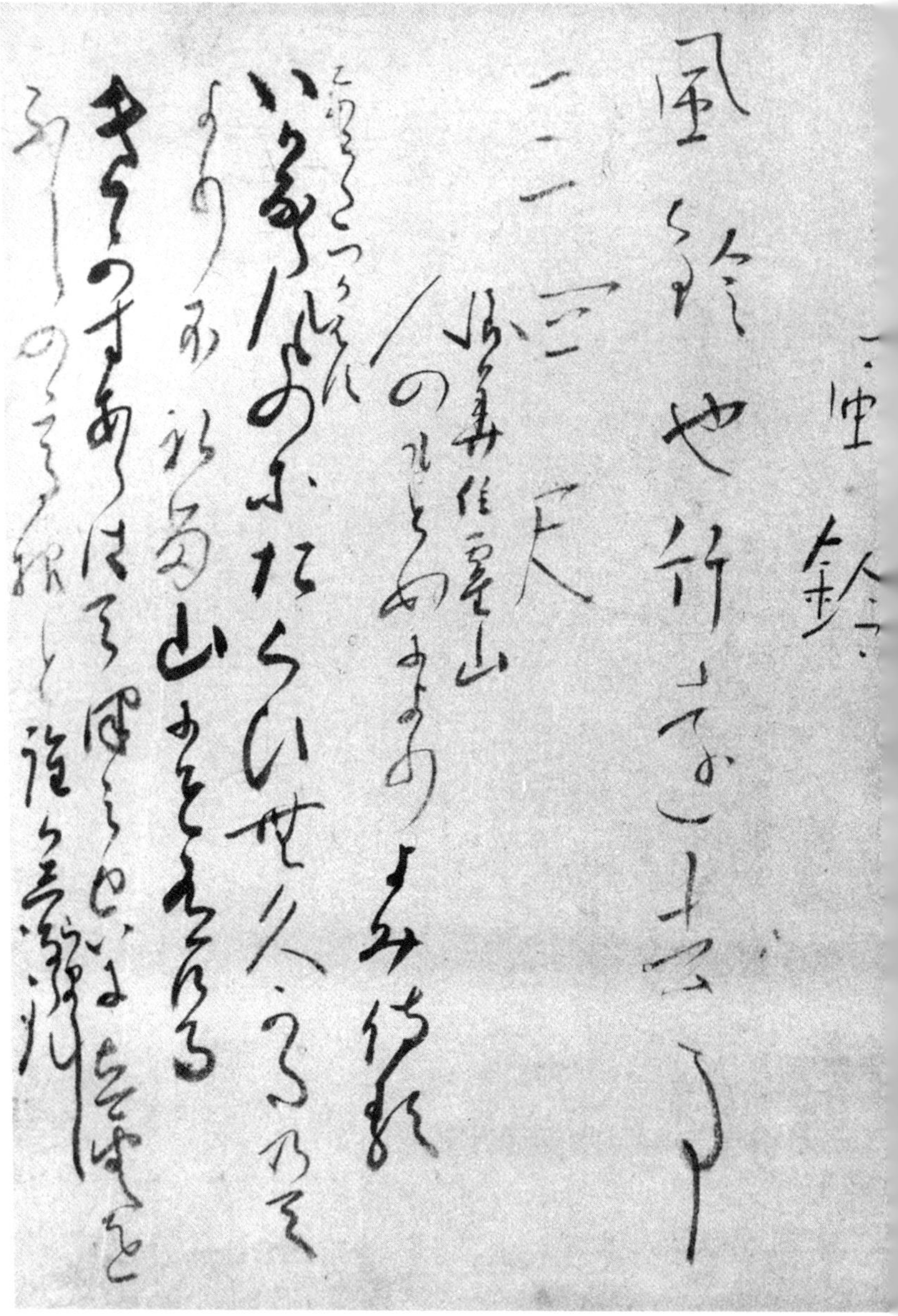

真昼中ほろりほろりと
けしの花

初夏。

タンポポの種がほろりほろりと飛翔《ひしょう》する寸前である。現代は良寛のように、軽いあしどりでけしの咲く野道を歩くことはできない。

（新一）

兵庫・竜野

留守《るす》の戸にひとり淋《さび》しき
散り松《まつ》葉《ば》

どろぼうに、ふとんを持っていかれてしまった良寛さが、うりどろぼうにされそうにもなったが、そんなことには無頓着《むとんちゃく》。「留守を守ってくれる散り松葉があわれでのう――」

「あはれなり良寛坊」の諧謔《かいぎゃく》とは異なるところの自然人良寛の心の篤《あつ》さ、深さをみる。

（砂田男）

福島・只見

かきつばた我れこの亭《てい》に
酔《よ》ひにけり

晩夏。

良寛と交友する豪農の館であろう。良寛を理解する人々は、酒をすすめて、良寛とうたを詠み合う。良寛にとって、心が安まるひとときであったであろう。

（新一）

新潟・新発田《しばた》

よしや寝《ね》む須磨《すま》の浦《うら》わの
波まくら

ここ、須磨の海は穏やかである。敷島天神《しきしまてんじん》の森で野宿した良寛のおだやかな一日が想われる、うちては返す波まくらの海辺である。

（新一）

※この句は無季であるが敢えて夏に入れた。

兵庫・須磨

夏の句によせて

村山砂田男

鉄鉢《てっぱつ》に明日の米あり夕《ゆふ》涼《すずみ》

季語は夕涼みで夏。

良寛は寺をもっていないため、毎日の生活の保障がない。家々の門《かど》に立ってお経をあげ、わずかながらのお金や、米などをもらって歩く托鉢《たくはつ》でほそぼそと、それでいて良寛の面目を示しながら生活していたのである。鉄鉢はその施《ほどこ》しものをいただくお椀《わん》で、良寛は木製のものを愛用していたようである。托鉢すればいつも施しものがあるわけではない。時には飯を炊くことができない日が続くこともあった。

釜中時有塵　竃裏更無烟

ときどき、釜の中はからっぽで、ちりさえたまる。米がなくては、かまどの煙も立ちはしない。

そんな時にはいっそう五合庵のくらしはわびしいと「五合庵」の詩でうたっている。施しものがたよりの生活が、いかにせつなく、不安で落ちつかないものか。しみじみと良寛の気持ちが胸にしみるのである。

だからこそ托鉢《たくはつ》で得た米が十分にあるときの喜びはひとしおである。そのことだけで、すべて安心できたのである。夏の夜のむし暑さに耐えかねての夕涼みも、あすの米があることで、心から暑さを忘れることができたのである。

　人のみなねぶたき時のぎやう〳〵し

「ぎやう〳〵し」は行々子で葦切《よしきり》の異称。沼沢《しょうたく》や葦の繁茂する河辺などに群棲《ぐんせい》し、やかましく鳴きたてる。また葭《よし》（葦）の茎《くき》をさいて髄《ずい》にいる虫をたべるので葦切りといわれるようになった。背面はオリーブ色を帯びた淡褐色《たんかっしょく》、嘴《くちばし》は長大で尾の先がとがっている。ぎやうぎやうしが夏の季語。

　能なしの寝《ねむ》たし我をぎやう〳〵し　　芭蕉

の翻案《ほんあん》である。役にたたない身で、眠るよりほかに芸のない身。そんな身分であるのに、行々子よ、そうやかましく啼きたてて眠りをさまたげないでくれ、という句で『嵯峨日記』

（蕉翁句集）に所収されている。

芭蕉は自分を卑下して、ただ眠るよりほかになんの芸がないと、芭蕉自身を主体にして、うるさい行々子を配して構築しているのに対し、良寛は「人のみな」として限定していないのである。

なお、つぎの行々子の句がある。

昼日《ひるひ》中真菰《まこも》の中の行々子　良寛

（ま昼中ま菰が原の行々子）

夏の夜蚤《のみ》をかぞへて明《あか》しけり

蚤虱《しらみ》馬の尿《しと》する枕もと　芭蕉

蚤が夏の季語。

は「おくのほそ道」の旅先、尿《しと》前の宿での作。

蚤のあと数へながらに添乳かな　一茶

蚤の迹《あと》吹いて貰《もら》って泣く子かな　同

蚤焼いて日和《ひより》占ふ山家かな　同

としよりと見くびって蚤逃げぬかよ　同

焼け土のほかりほかりや蚤さはぐ　同

一茶には蚤の句が多く十余句を数える。蚤は憎《にく》いが、ちょっと愛嬌《あいきょう》があり、夏の夜の跳《ちょう》梁《りょう》も笑ってすまされることも多い。

これらの句には笑いがある。西脇順三郎氏は「ウイットはいいも悪いもない。笑わない人生は考えられない。俳句はウイットの芸術である」という。良寛の笑いは、ユーモアの意識がまったくない大まじからくるところのウイットが光るのである。悲しみと苦しみとのどん底からの一茶の笑いや、警戒しながら笑う武士の笑い方に似た芭蕉とは異質なものだった。

ほか夏の句に

なべみがくおとにまぎるゝ雨蛙

風《ふう》鈴《りん》や竹を去ること三四尺（二三尺）

などの句がある。

秋

わが宿へつれて行きたし蓮《はす》に鳥

どんな小さなものでも、どんなに物陰にあるものでも、良寛が手をさしだすと生命がよみがえり、美しさを増す。——愛語は愛心よりおこる——。

（新一）

和歌山・学文路

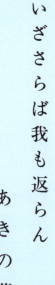

分水・石湊

いざさらば我も返らん
あきの暮

夕暮れの丘に秋陽が沈んでいく。この附近の人々の間でいまでも、良寛さまへの追憶がかたられている。五合庵から、乙子宮の庵からの行き帰りに通った道筋だからであろう。その夕陽が、良寛の生活を語りかけてくる。

（新一）

酔《よ》ひ臥《ふ》しのところは爰《ここ》か
蓮《はす》の花

仏教では蓮華《れんげ》のなかに梵天《ぼんてん》がいて、万物を創造するといわれている。香りよく、高潔で天界の花。白華《びゃくげ》は曼陀羅華《まんだらげ》でもある。その抽象の世界に良寛もただよっていたのか、悟りの境地であろう。

（新一）

倉敷・円通寺境内

もみぢ葉の錦のあきや
唐《から》衣《ごろも》

五合庵の前庭に、もみぢ葉がしきつめられている。色どりも鮮やかに錦絵のようである。あられがさあっと降って錦絵が白色で濡れる。と、落葉した紅葉《もみぢ》の生命がよみがえる。

（新一）

新潟・分水

あきかぜに独《ひと》り立《たち》たる姿かな

秋高し木立は古《ふ》りぬ籬《まがき》かな

奈良・飛鳥の里

いきせきと升《のぼ》りて来るや鰯《いわし》うり

新潟・寺泊

きませきみいが栗落ちしみちよけて

新潟・国上

あめきえて

よのなかよき

れつけ

〱とろ乃よき

良寛

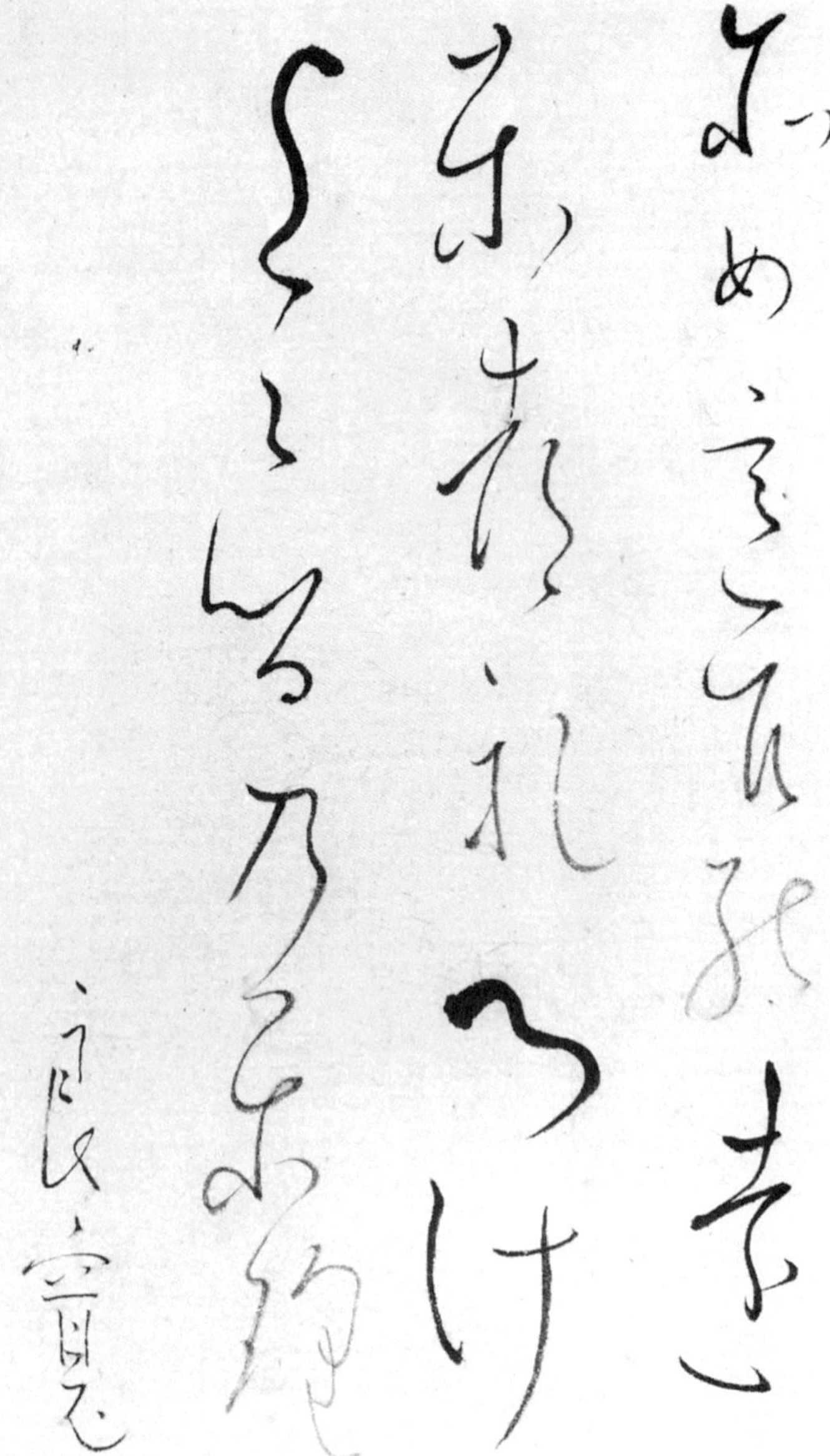

そめいろのをとづれつげよ
よるのかり

和島村島崎

蘇迷盧《そめいろ》とは須弥山《しゆみせん》のこと。俳句の世界では高野山のことだともいわれる。とすると、父以南が高野山に隠遁《いんとん》したということを信じたい良寛の、父を想う心がせつせつと伝わる句である。

（新一）

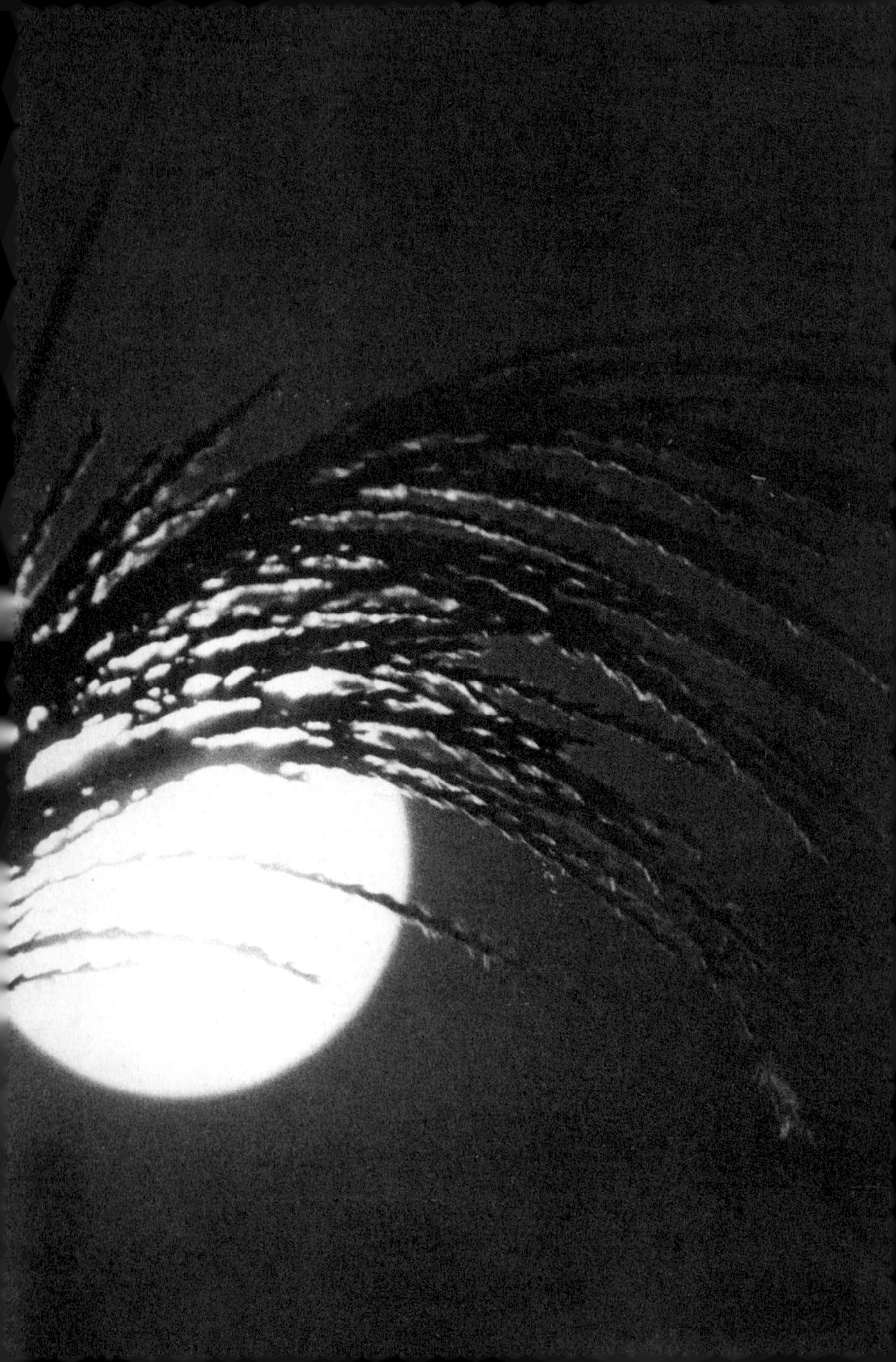

手拭《てぬぐひ》で年をかくすや盆《ぼん》踊《おどり》

萩《はぎ》すすきわが行く道のしるべせよ

香川・善通寺

ゆく秋のあはれを誰《たれ》にかたらまし

秋が過ぎ去ろうとしている。
葉末や屋根に光る露は、
見るからにさむざむと、
いかにも冷《つめ》たく感じられる。
日が暮れると、
すうっと寒さが忍びよってくる。
晩秋の夜は、
ふけるにつれて冷えこんでくる。
こんなひとり暮らしのじいさんを、
あわれんでくれる者もいない。
ひとりずまいの門をしめきると、
老いのわびしさがいっそう身に入《し》みてくる。
ああ、このあわれを、
いったい誰が聞いてくれるというのだろうか。
（砂田男）

新潟・弥彦

宵《よひ》暗《やみ》や前《せむ》栽《ざい》はただ虫の声

自然をわが庭と眺めてみよう。空間はただ一つの世界。静かな抽象には寂としていて音がない。しかし、現実では虫と虫とがすすきの穂の数だけ鳴いている。

（新一）

分水・国上里

摩《ま》頂《ちやう》してひとりたちけり秋のかぜ

色もない。形もない。貴方《あなた》でもない。私でもない。暖くもない。冷たくもない。手に握ろうとしても握れない。そんなものが天空に昇れば、音楽天、地上にあれば音楽樹、風にふれれば雅音を発し、ほんに禅とは屁《へ》のような。

（新一）

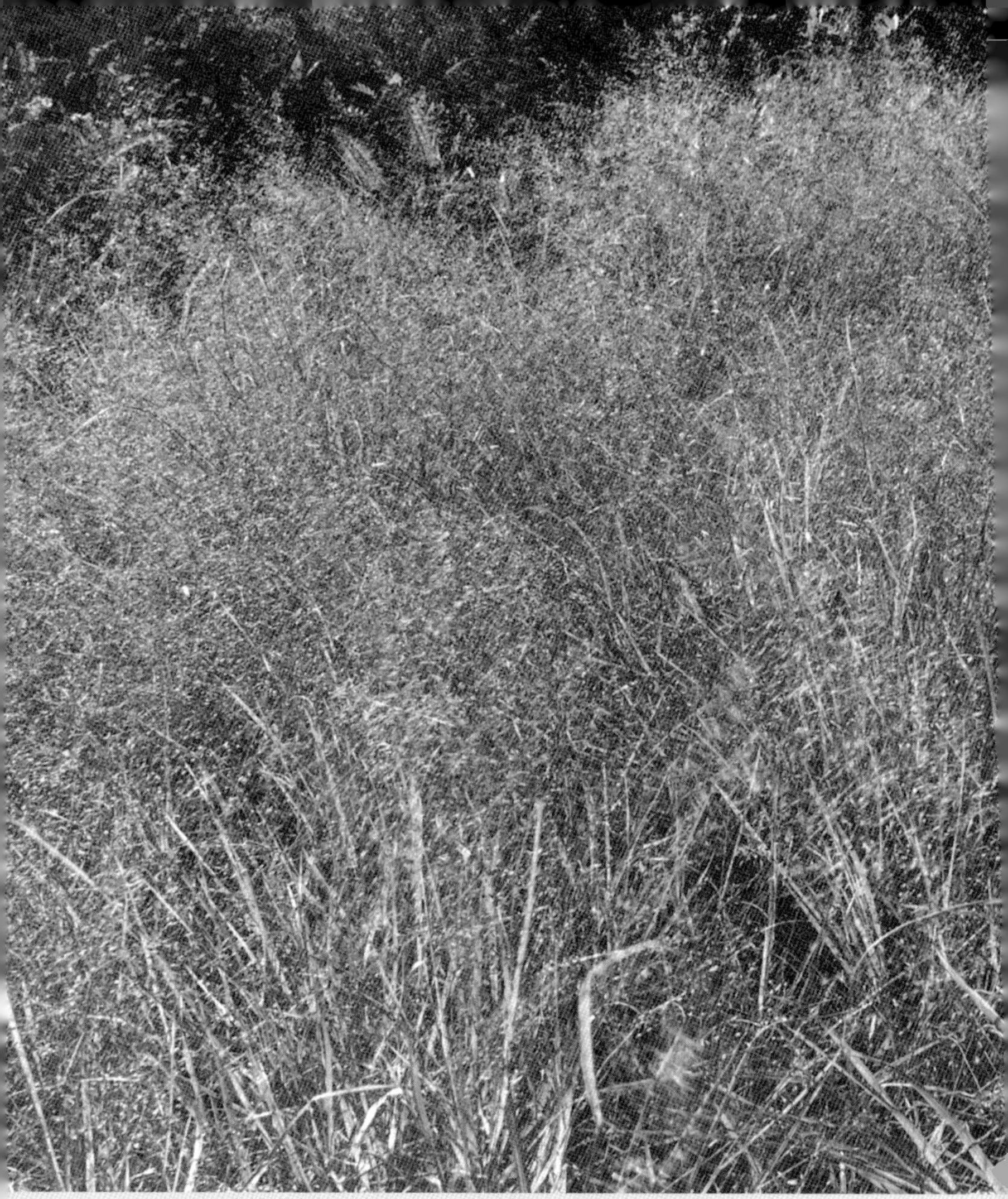

柿もぎのきんたまさむし秋の風

秋は高し木立は古《ふ》りぬこのやかた

分水・五合庵

ぬす人に取りのこされし窓の月

分水・国上里

うらを見せ　おもてを見せて　散るもみぢ

良寛の句かどうか疑問とされている。しかし、良寛の業を表現するのにぴったしだったのだろう。良寛が日頃好んで口ずさんだといわれる由縁《ゆえん》である。（新一）

京都・桂川

秋の句によせて

村山砂田男

そめいろのをとづれつげよよるのかり
（蘇迷盧《そめいろ》の音信《おとづれ》告げよよるのかり）

父以南からおくられた「朝霧に一段ひくし合歓《ねむ》の花」の一句を良寛は、父の形見として大切に持っていた。この句の余白に

水茎《くき》のあとも涙にかすみけり
　ありし昔のことを思ひて

と良寛が書いている。京都の桂川に入水《じゅすい》した以南はなぜか骸《なきがら》も見つからなかった。心痛の良寛は、京都の方から渡ってくる一群の雁《かり》に呼びかけた。「父のことを知っているだろう雁よ。ぜひようすを知らせてほしい」と、片時でも忘れることのなかった良寛が、仏にすが

る気持ちで問いかけずにいられなかった心情がこめられている。

「そめいろ」は、以南辞世の歌とされている「蘇迷盧《そめいろ》の山をしるしに立《た》て置《お》けば我《わが》なきあとはいづらむかしぞ」をさしている。

良寛にとって父以南の突然の訃報《ふほう》、しかも不審の死がいかにショックだったか、その悲惨さははかり知れないものがある。内容は全然異なるが、都鳥《みやこどり》に言問うた在原業平《ありはらのなりひら》の歌(古今集)が良寛のどこかにあったように思われる。

雁が秋の季語。ほかの雁の句に

われ喚《よび》て故郷へ行《ゆく》や夜の雁

がある。

ぬす人に取り残《のこ》されし窓の月

「五合庵へ賊の入りたるあとにて」の詞書《ことばがき》がある。すきまだらけのあばら家に杉の木立をもれていくすじもの月の光が流れこんでいる十五夜。お金持といううわさで入ったどろぼうだが、何もとるものがなくて良寛の寝ていた布団《ふとん》をもっていってしまった。月はいよいよさえわたっている。「よかった、よかった。わしも盗まれなかったし、月も無事だったわい」と庭に出て月と話をする良寛は、一気にこう口ずさんだのである。

五合庵時代によんだ月の歌はかなりあり、俳句も「名月やけいとう花もにょっきにょき」「名月や庭の芭蕉《はせを》とせいくらべ」などがある。

和歌、俳諧では、月雪花などといって、月は自然界でもっとも嘆美されるもののひとつとされ、ことに大気が清澄《せいちょう》で、いちだんと清らかで美しく、月は秋にきわまるため、単に月といえば秋の月をさす。月が季語。

うらを見せおもてを見《み》せて散《ち》るもみぢ

巷間《こうかん》、良寛作と信じこまれ、ひろく口ずさまれているようであるが、良寛を師と仰ぎ、死に至るまで良寛の老愁をなぐさめた貞心尼の『蓮の露』には、

いきしにのさかひはなれてすむみにも
　さらぬわかれのあるぞかなしき　貞
　　御かへし
うらを見せおもてを見せてちるもみぢ

こは御みづからのにはあらねど時にとりあひのたまふいとたふとし

の出典でも明らかのように良寛の作ではない。

誰の作かはわからないが、いかにも良寛が好んで口にするような句である。

「彼の眼にはさうした如実の自然が鮮やかに眺められたにちがひない。ほのかな黄金光の遍照《へんじょう》した静かなうらゝかな秋の空——それを彼は見た。（略）或は裏を見せ、表を見せつ、舞ひ落ちる美しい色の紅葉——。（略）拡充した絶対化した心で、彼はおそらく眼前に展かれた其の自然の光景を心ゆくばかり味ったであろう。」（原文のまま）と相馬御風氏はその著『一茶と良寛と芭蕉』で、良寛の句ではないことを認めたうえで、このようなすばらしい鑑賞文を書いている。

ほかに好きな秋の句をあげよう。

秋びより千《せん》羽《ば》雀《すずめ》の羽音かな

秋高し木立は古《ふ》りぬ籬《まがき》かな

いきせきと升《のぼ》りて来るや鰯《いわし》うり

きませきみいが栗落ちしみちよけて

冬

雨もりやまた寝るとこのさむさかな

乞食行《こつじきぎょう》を終えての道。
乙子の庵《いおり》か、五合庵か、
なにか、良寛の生活が、
ふと人間にかえるとき
である。

（新一）

新

おちつけばここも廬《ろ》山の時雨《しぐれ》哉《かな》

国上山《くがみやま》は冬の雨。雨雲が国上山に流れる。国上山は良寛にとっては仏の山。安らかな禅の土地であった。

（新一）

分水・国上山

柴《しば》垣《がき》に小鳥あつまるゆきのあさ

寺泊・西生寺

焚《た》くほどは風がもてくる落葉《おちば》かな

 分水・乙子庵

新潟・弥彦山

のっぽりと師走《しはす》も知らず弥彦山《やひこやま》

初時雨《しぐれ》名もなき山のおもしろき

富山・黒部

日々《ひび》日々《ひび》に時雨の降れば

人老いぬ

昨夜の時雨《しぐれ》がいつか雪になっていた。年老いて破れかかった橋には冷たい朝である。私一人だけの足あとが、細く、小さく降る雪にぬれそぼっている。

（新一）

長野・姨捨

老《を》翁《い》が身は寒《さむさ》に埋《うづくまる》雪の竹

分水・乙子庵

木枯《こがら》しを馬上に
にらむ男哉《かな》

新潟・角田

山しぐれ
酒やの蔵に
波深し

山はしぐれている。口にふくむ独り酒はほろ苦い。去《さ》ってはおとずれる感情は浮《う》いたものではない。一夜の宿に吹く風は、哀《あい》と憂《う》を交互に波のようにはこんでくる。冬という季節の一情景である。

（新一）

柴《しば》の戸につゆのたまりや今朝のあさ

吉田・粟生津

冬川や峰より鷲《わし》のにらみ鳧《けり》

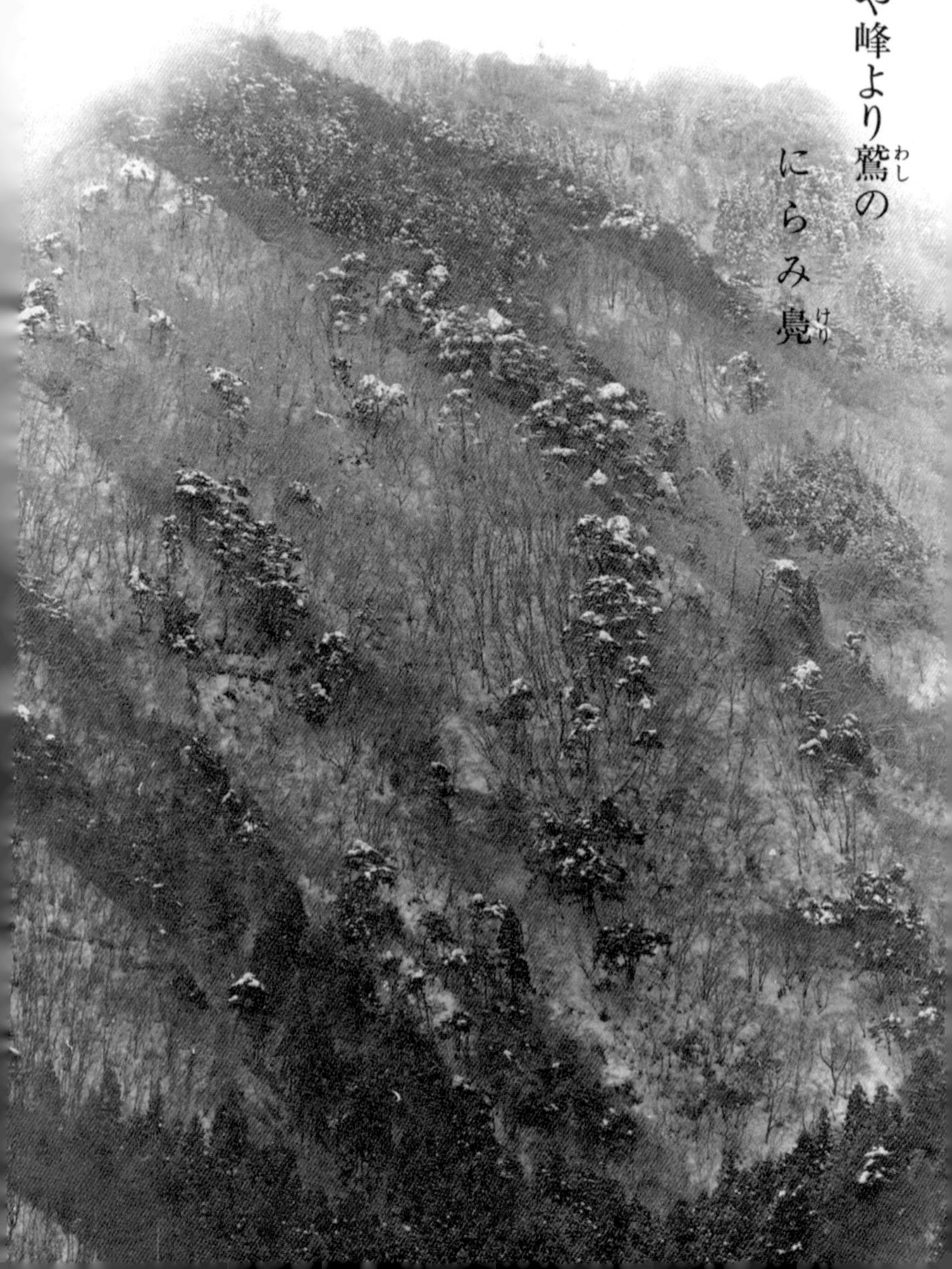

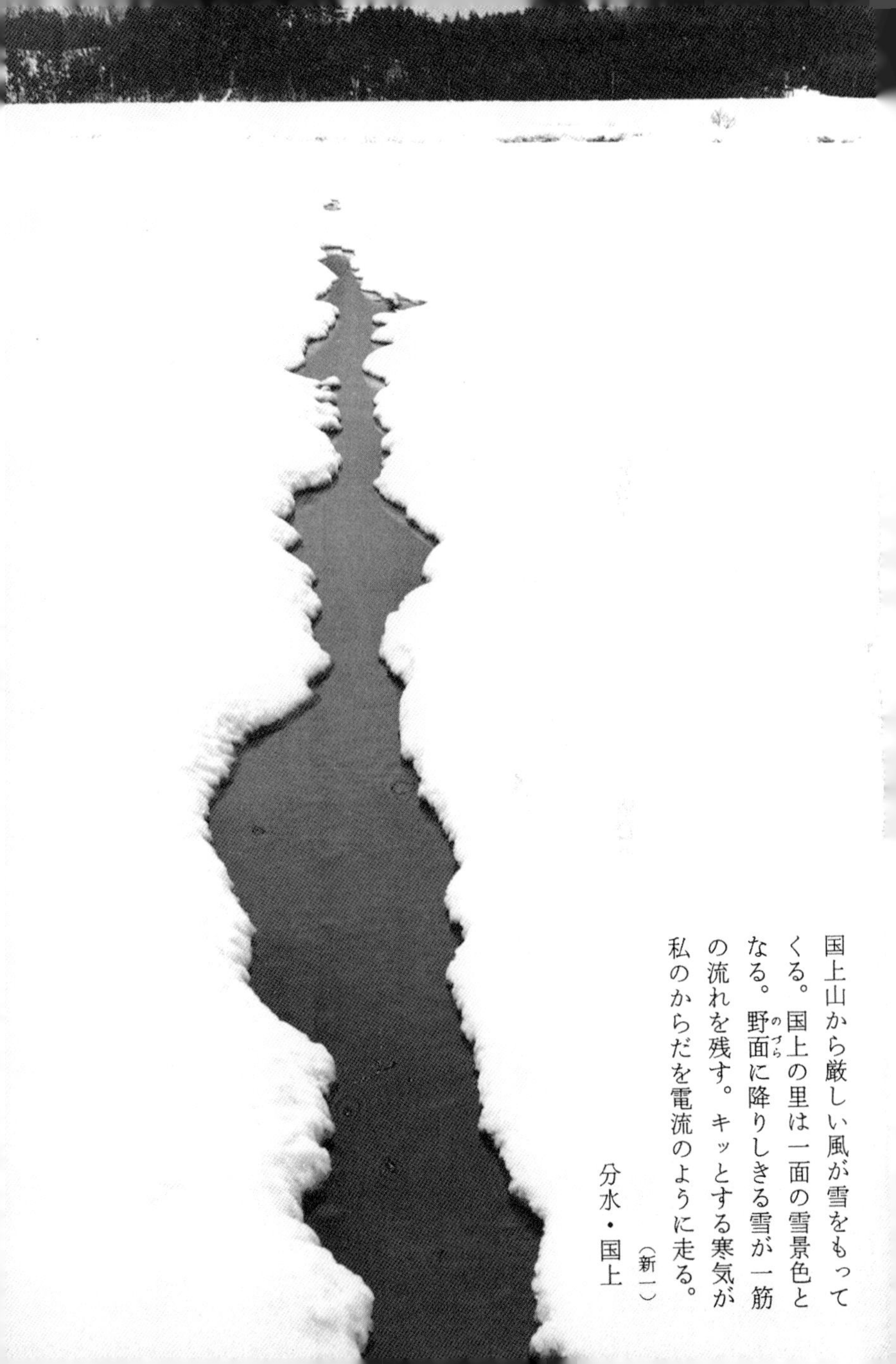

国上山から厳しい風が雪をもってくる。国上の里は一面の雪景色となる。野面《のづら》に降りしきる雪が一筋の流れを残す。キッとする寒気が私のからだを電流のように走る。（新一）

分水・国上

冬の句によせて

村山砂田男

のっぽりと師走《しはす》も知らず弥彦山

冬の十二月ともなれば、越後のどの山も白一色。どの道にも人かげは見えない。草庵の門をしめきってのひとりずまいにも、ことさらさびしさを感じる。しかし自然の解《げ》に入り、万有森羅《ばんゆうしんら》をあたたかく抱擁する良寛には不満のない五合庵の冬であった。師走が季語。弥彦山は国上山《くがみやま》を通して、のっぽりと冬の日本海を見おろしているかに見えたのであろう。良寛には別に

のっぺりと師走も知らず今朝の春

という句がある。「師走」と「今朝の春」の季重りであるが、「暮もお正月もないまま、気

がついてみたら――」というかにも良寛の生活らしい句である。しかし心境を弥彦山に比《ひ》喩《ゆ》しながらも、客観視した前の句の方がはるかにすぐれている。

「のっぺり」と「のっぽり」は一字の違いでしかないが、同じ意の擬《ぎ》態《たい》語ではない。「のっぺり」は平らで変化に乏しいことであり「のっぽり」は「のっぺらぼう」で丈《たけ》が高く思慮がなく、やや間ぬけたさま（「広辞苑」）をいうのである。この句には、世事俗事にはいっさいこだわらない自然体とはいっても、良寛には良寛なりにいささかの師走のあわただしさもある。だが弥彦の山は師走といえども、のんびりと、どっしりとしていられていいなあ――といった羨《せん》望《ぼう》的志向が見られまいか。

この句は、こうした擬態語、俗語を軽快に用いた蕉門惟《い》然《ぜん》の口語調に負うところの多かった一茶の影響があきらかである。ほかに

名月やけいとう花もによつき〳〵

名月や庭のはせをとせいくらべ

雨もりやまた寝る床《とこ》のさむさかな

良寛は、このあたりの自然のふところにいだかれて五合庵にすみついていた。もともと万《ばん》

元坊《げん》が一日にたべる飯米《はんまい》五合ということから名づけられたこの草庵であった。それを修理して良寛がゆずり受けたものである。

山中独居の修行の場として良寛にとっては最高であったが、良寛が住むまでに既に百年近くの風雪を経ており、かなりの荒れ方であった。寝床まで雨もりでぬれてしまって寒さがひとしおつらかったのである。越後の冬のきびしさの心象でもあろうか。寒さが冬の季語。

ほかに

老翁《おい》が身は寒《さむさ》に埋《うずもる》雪の竹

高杯《たかつき》に向ふあしたの寒さかな

がある。

人の来てまたも頭巾《づきん》をぬがせけり

頭巾が冬の季語で、角頭巾《すみ》、大黒頭巾《だいこく》、丸頭巾、気儘《きまま》頭巾などいろいろあるが、主として布類を袋形につくって、冬の寒さを防ぐため着用するものである。

ここでは、僧のかぶる角《すみ》頭巾であろう。肖像画や像では無帽のものがほとんどだが、自画自賛と伝えられている良寛遺墨では、頭巾をかぶって行燈《あんどん》の側で読書しているし、貰《もら》いものの礼状の中には「先頃は帽子たまはり恭拝受仕候」ともある。背が高く、痩《や》せ顔で鼻が高い良寛には似合ったかもしれないし、防寒のため愛用していたに違いなかろう。だからこそ「またも頭巾をぬがせけり」であり、来客のたびにいちいち頭巾をとって応待した律儀《りちぎ》さがうかがわれ、きまじめでいてお茶目な、風流僧がイメージされてほほえましい。良寛の人間性が滲《にじ》みでており、もっとも良寛らしい親しみのもてる俳句である。

なお冬の句には

初時雨《しぐれ》名もなき山のおもしろき

といういい句がある。芭蕉の

春なれや名もなき山の薄霞

より無彫塚《むちょうたく》で自然によみ流したよさをみるのである。

新年

装《よそ》はでもかほはしろいぞよめがきみ

春

青みたるなかにこぶしの花ざかり　2
あげ巻の昔をしのぶすみれ草　11
新いけやかはづとびこむ音もなし　12・36・148
鴬にゆめさまされし朝げかな　30
鴬や百人ながら気がつかず　6・149
同じくははなのもとにて一とよねむ　14
けふこずばあすはちりなむ梅の花　16
この宮やこぶしのはなに散る桜
子らや子ら子らが手を取る躑躅《つつじ》かな　8・37
須磨寺の昔を問へば山ざくら　32・39
苞《つと》にせむ吉野の里の花筺《かたみ》　34・39

やま里は蛙の声になりにけり　24
山は花酒や〳〵の杉ばやし　26
はるさめや門松の注連《しめ》ゆるみけり
はるさめや静になでる破《や》れ瓢《ふくべ》
春さめや友をたづぬるおもひあり　18
水の面にあや織りみだる春の雨　22
ほろ酔ひのあしもと軽し春のかぜ　20
雪しろのかゝる芝生のつく〳〵し
雪しろのよする古野《ふるの》のつく〳〵し　28
雪汁や古野にかかるつく〳〵し
ゆめさめて聞くは蛙の遠音かな
世の中はさくらの花になりにけり　4・39

夏

青《あお》嵐《あらし》吸物は白牡丹
かきつばた我れこの亭《てい》に酔《よ》ひにけり　54
さわぐ子のとる知恵はなし初《はつ》ほたる
涼しさを忘れまひぞや今《こ》年《とし》竹《だけ》
たれ聞けとま菰が原の行々子
鉄鉢に明日の米あり夕涼　40•58
手もたゆくあふぐ扇のおきところ
夏の夜や蚤をを数へて明しけり　60
なべみがくおとにまぎるゝ雨蛙　42•61
鳰《にお》のすのところがかへすさつきあめ
晝《ひる》顔やどちらの露の情やら
昼日《ひ》中《なか》真《ま》菰《こも》の中の行《ぎやう》々《ぎやう》子《し》　44•60
人のみなねぶたき時のぎやうぎやうし　46•59
風鈴や竹を去ること三四（二三）尺　48•61

真昼中ほろりほろりとけしの花　50
よしや寝む須磨の浦わの波まくら　56
留守《るす》の戸にひとり淋しき散り松葉　52

秋

あきかぜに独り立ちたる姿かな　70
秋は高し木立は古《ふ》りぬこのやかた　92
秋高し木立は古りぬ籬《まがき》かな　72•101
秋びより千羽すゞめの羽音《はをと》かな　101
いきせきと升《のぼ》りて来るや鰯《いわし》うり　74•101
いくつれか鷺《さぎ》の飛びゆく秋の暮
いくむれかおよいで行くや鰯うり
いざさらば暑さを忘れ盆踊
いざさらば我も返らんあきの暮　64

稲舟やさし行方や三日の月
うらを見せおもてを見せて散るもみぢ　96・100
柿もぎのきんたまさむし秋の風　91
顔回がうちものゆかし瓢《ふくべ》かな
きませきみいが栗落ちしみちよけて　76・101
この人の背中に踊りできるなり
そめいろのをとづれつげよるのかり　79・98
手を振っておよいでゆくや鰯うり
手拭《てぬくひ》で年をかくすや盆踊　81
ぬす人に取り残されし窓の月　94・99
萩すゝき露のぼるまでながめばや
萩すゝきわが行く道のしるべせよ　82
摩頂《まちよう》してひとりたちけり秋のかぜ　88
名月やけいとう花もによつき〳〵　100・127

名月や庭の芭蕉《はせを》とせいくらべ　100・127
もみぢ葉の錦のあきや唐《から》衣《ころも》　68
屋根引のきんたましぼむ秋の風
ゆくあきのあはれを誰にかたらまし　84・142
酔ひ臥《ふし》のところは爰《ここ》か蓮の花　66
宵暗《よひやみ》や前栽《せむざい》はただ虫の声　86
我が恋はふくべでどじようをおすごとし
わが宿へつれて行きたし蓮に鳥　62
われ喚《よ》びて故郷へ行くや夜の雁　99

冬

雨もりやまた寝るとこのさむさかな　102・127・142
老翁《おい》が身は寒に埋《うづくまる》雪の竹　116・128
おちつけばこゝも盧《ろ》山の時雨《しぐれ》哉《かな》　104

木枯《こがら》しを馬上ににらむ男哉　118
柴垣《しばがき》に小鳥あつまるゆきのあさ　106
柴焼《た》いてしぐれ聞く夜となりにけり
柴の戸につゆのたまりや今朝のあさ　122
高《たか》杯《つき》に向ふあしたの寒さかな　128
焚《た》くほどは風がもてくる落葉かな　108•140
のつぺりと師走も知らず今朝の春　126
のつぽりと師走も知らず弥彦山　110•126
鉢叩き〳〵昔も今も鉢叩き
人の来てまたも頭巾をぬがせけり　128
初時雨名もなき山のおもしろき　112•129
日々日々に時雨の降れば人老いぬ　114
火貰ひに橋越へてゆく小夜時雨
冬川や峰より鷲《わし》のにらみ㒵《けり》　124

山しぐれ酒やの蔵に波深し　120

無季

あけ窓の昔をしのぶすぐれ夢
あめのふる日はあはれなり良寛坊
うらばたけ埴生《はにふ》の垣《かき》のやぶれから
可惜《おしむべし》虚空に馬を放《はな》ちけり
来ては打ち行きてはたゝく夜もすがら
こがねもていざ杖かはむさみつ坂
たふるればたふるゝまゝの庭の草
平生の身持にほしや風呂上り
悠《ゆう》然《せむ》と草の枕に留守の庵《あむ》

良寛の俳句

村山砂田男

良寛の芸術、それは歌と詩と書である。しかもそれは良寛自から「孰謂我詩詩、我詩是非詩、知我詩非詩、始可與言詩」と述べているように、あくまで詩人の詩、歌人の歌、書家の書を忌避《きひ》してきたのである。良寛の芸術はその紆余曲折《うよきょくせつ》の生きざまから、身をもって得た人生観、世界観、そして自然に近い素朴の生活と、高い精神生活との渾然《こんぜん》一体の醇化《じゅんか》であった。そこに高古超俗の気品と、一点の動揺も、一糸の乱れもない昇華された良寛の芸術があったのである。

ところで、百句前後の良寛の発句《ほっく》（俳句）の場合はどうであろうか。良寛はいつごろから、またどのようにして、どこの場で俳句を作ったのであろうか。多くの未解部分を包んだまま、ほとんど明らかになっていない。

万葉のこころが良寛の歌のこころとして、磐石不動《ばんじやく》な地位をもつ歌にしても、口碑的《こうひ》、合作・合成的なものが見受けられることなどにより、年代順に配列することが困難とされているのである。まして、芸術的・創作意識などほとんどなく、戯《たわむ》れであり、いわば〝遊び〟であったと思われる俳句にいたっては、極めて僅かな句を除いては、その出典はおろか、句数の限定すら不可能であるほど、混成・口碑の句が多いことは周知のとおりである。更に、歌でさえ石もまじっているという評がある。いわんや発句においては、いっそう玉石混淆《ぎょくせきこんこう》の感が強く、評価も低いのである。

良寛にとって俳句は明らかに〝遊び〟だったにしても、なぜ良寛をして俳句の世界にも足を入れさせたのであろうか。私は、今日の芭蕉、俳句ブームと同様の時代背景によるものと思っている。

良寛が越後に帰り、五合庵に定住してその本領を発揮した寛政から、文化、文政時代は、江戸文化の爛熟期《らんじゆく》であった。俳諧《はいかい》では談林《たんりん》より解脱《げだつ》し、俳諧を純粋なる芸術にいたらしめた元禄《げんろく》の松尾芭蕉が、いわゆる正風《しょうふう》を確立した。雄麗、艶美な天明の絢爛《けんらん》期を樹立した与謝蕪村なきあとは、天保の堕落時代となった。このころ小林一茶が誕生、芭蕉以後の命脈を継承するとともに、町人文学としての俳諧を守った。そして商工業の地方化から、中央と地方の交流が頻繁《ひんぱん》になり、地方俳壇も賑わってきた。

一茶は良寛より六年おくれて生れ、五年早く他世しているが、この二人は、六十五年間も国を隣りにしてひとつ世に生きてきたのである。当然、何らかの影響があったであろうことを考えない方がむしろ不自然であろう。

焚《た》くほどは風がもてくる落葉かな　良寛

この句は、五合庵にその句碑があり、良寛の作として人口に膾炙《かいしゃ》されているが、実は一茶の『七番日記』の文化十二年の十月に

焚くほどは風のくれたる落葉かな

として入集されていることにより、どちらかが伝え聞き口誦《こうしょう》していたもののようである。良寛あるいは一茶の作として断定することにはそれぞれ異論のあるところである。ともか

くこのころ良寛は国上山《くがみやま》に、各地を曳杖した一茶も郷里の信州柏原《かしわばら》にいたのである。

さて良寛の父以南《いなん》はかなり知られた俳人であり、中央俳壇でも著名の俳人との接触も少なかった。一茶の文化九年から同十一年ころまでの『株番』には、以南のことに触れ、

今は十とせばかりに成ぬらん、越後国の俳諧師以南といふものありけり、国々さまよひ歩きて都にしばらく足をやすめける折から、脚気といふ病をなんやみける。させるくるしみは見えねど、ふたたびもとのやうになりても、郷に帰らん事おぼつかなきなど、より添ふ者のさゝやきかけるをふと聞つけつつ、かくありて日をかさね月をへて、見ぐるしき姿を人々に指れんも心うしとや思ひけん、ある時、天真仏の仰によりて以南を桂川の流にすつる、

染色の山を印《しるし》に立おけば
　我なき迹《あと》はいつの昔ぞ

と書てそこの柳の枝にありしとなん

とこと細かに記しているが、以南が一茶と直接膝を交えたという記録はない。

良寛の俳句には、父以南の句の改作と思われるものもいくつか見られ、当時の俳句ブー

ムもあって以南からの句ごころなどが良寛を俳句へも走らせたものと思われる。

ところで良寛の俳句には、以南の句柄《くがら》の影響はほとんど見られない。目立つのは一茶調であり、時に崇仰《すうぎょう》してやまなかった芭蕉の俳境さえ垣間《かいま》見せていることに気づくのである。

雨もりやまた寝るとこのさむさかな

の良寛の句には

芭蕉野分して盥《だらひ》に雨を聞く夜哉　芭蕉

の句が良寛の意識の底にあった。表層的理解だったとしても、良寛のこの句の発想の契機に芭蕉の影が見えないだろうか。

また「ゆくあきのあはれをたれにかたらましあかざこにいれかへるゆふぐれ」の歌の、

ゆくあきのあはれを誰にかたらまし　良寛

には、深まり行く秋の静寂さの中にあって、隣家は沈黙の世界の住人である。その人は何をする人なのか、会ってみたい、語ってみたい気に追いやられた芭蕉の孤独感をよんだ、

秋深き隣は何をする人ぞ　　芭蕉

が、ひしひしと身に迫ってくる芭蕉のさびしさに通ずる、きびしい蕉風的な世界が見えるといえば考え過ぎであろうか。

是翁以前無此翁
是翁以後無此翁
芭蕉翁兮芭蕉翁
使人千古仰此翁

と芭蕉讃仰《さんぎょう》した良寛は、実作の上で蕉風に深くくいこんだ俳句というより、高貴な芸術哲学を矜持《きょうじ》してきた芭蕉の芸術において、芸術家としての無限なる寂寥《せきりょう》感に見出したひとつの共通性からの崇拝《すうはい》詩かと思われる。

この反面、良寛の俳句には、一茶の純粋な人間詩人、生活詩的影響がかなり見られる。一茶の人間と生活が赤裸々に投影され、伝統的風雅観にとらわれず、俗語、擬態《ぎたい》語、擬声語を大胆に駆使し、軽快な口調、拍子にのせての反射的な一連の発句は、一茶調が色濃くしみこんでいることは確かである。

一茶は二六庵竹阿を嗣《つ》ぎ、葛飾《かつしか》派の流れにあって、ひとすじに芭蕉に傾倒し懸命に吸収した時期があり、三十代までの彼の発句《ほっく》には、やはり芭蕉の影がかなりある。また一茶五十七歳の句文集『おらが春』の「みちのくの旅」（仮題）はまさに『おくのほそ道』の一茶版である。西行、芭蕉とつらぬかれた風雅に没入したその崇拝ぶりは、世にいわれる一茶観からすれば意外に思われるほどのものであった。

良寛と一茶の芭蕉に対する位置は、良寛の芭蕉崇拝は精神的、哲学的であったのに対して、一茶は芭蕉を俳聖としてあがめて別格に扱い、いわば敬遠した上でリアルに受けとめていることである。

芭蕉を俳聖とするならば、一茶は俳人というべきであり、良寛は他の芸術同様、枷《かせ》のない無為の境地において俳句を楽しんだ俳遊である。芸術一路に、芭蕉は聖たらんとして苦しみ、一茶は人間たらんとして悩みに徹し、俳諧人ではない良寛は自由闊達《かったつ》に俳句と遊んだ。芭蕉が「永遠の旅人」としたら、一茶は「永遠の野人」であり、良寛は「永遠の自然人」といえないだろうか。

ともあれ良寛の俳句は、いかなる俳諧の系譜にも属さず、何ものにもとらわれず、無礙《むげ》そのものの中から生まれたものである。したがってその魅力は、自然で純朴《じゅんぼく》で気どらず飾らず、気楽に即興し、屈託《くったく》なく口ずさんだところのおもしろさにある。そして数多い人間良寛のエピソードにふさわしい、戯《ざ》れごころからくる愉快さにあることにおいて、良寛の多様な句柄《くがら》を、点から線に結びつけることができるように思う。

俳句ブームである。芭蕉ブームである。良寛ブームである。良寛の歌、詩、書が〝光〟とすれば、俳句は良寛の〝陰〟の部分といえまいか。ほとんど顧りみられなかった良寛の俳句に光りをあててみることによって、もうひとつの面から良寛を深めることの意義は決して少なくはなかろう。

写真家・小林新一氏が、選んだ良寛の俳句の中から五十五句をとりあげられた。そのすばらしい感性と、鋭い眼《まなこ》でイメージされた傑作は、さすが「良寛の写真家」第一人者である。本書は、その炯眼《けいがん》とプロの小林新一氏を結ぶ糸であり、小林新一氏と良寛を結ぶ糸である。

＜あとがき＞

1．偉大なる先学者による良寛の研究書は数多いが、良寛の発句《ほっく》（俳句）についての解説や鑑賞を一本にした書は見当らない。独断で正鵠《せいこく》を得ず、郢書燕説《えいしょえんせつ》の難もあろうが、あえて挑《いど》んでみたものでありご叱正《しっせい》を賜わりたい。

2．伝えられている良寛の発句《ほっく》の表記については、その事情からして実にさまざまであるが、本書ではひらがなを濁音にしたり、漢字をあてはめて読解し易いようにした。ただし、かなづかいは原句にもとづいた。

撮影後記

小林新一

「じぞうどう」と、そのころの国鉄・分水駅の標示は白い看板に黒文字で書きこまれていた。もちろん、越後線にはS・Lが走っていた時代である。客車には外壁に三等車は赤い帯、二等車は青い帯が標示され、白い帯の一等車は越後線には走っていなかった。間もなく、ジーゼルカーが越後線を走り出し、車内に洩れるガソリンの匂いに閉口したことを記憶している。そのころ、私は五合庵をはじめてたずねている。晩秋で、バスの窓からみえる田園の稲わらは、薄墨色にくすぶり、国上山への道を歩きだすと落葉が細い道に重なり合っている。五合庵への道は東大門と西大門——東大門は、舗装はまだで、私は西大門の道だけを、毎回登っている。しかも西大門はいまのようにほぼ直線に改装されてなくて、そのころは曲りくねって、山に登るという感覚が強くて、いまのようにピクニック感覚で五合庵に行くというにはほど遠い状態であった。

私の良寛への旅は、歩くことにはじまっている。歩いて、歩いて、歩きつづけることが私の良寛さまに近づく方法である。現在は、車だと簡単に琵琶湖の北岸街道から、敦賀への北陸道へ出てしまうが、山路をこえる旧街道を歩けば、振分荷物《ふりわけ》に三度笠、良寛は師国仙からいただいた杖をついていたのであろうか。そんなありさまが、良寛さまへのリアリテイを私に与えてくれる。もちろん、先輩諸兄のご指導が、ありがたく、私を導いてくれていることは当然である。今回も共著者である村山砂田男氏のご指導は適切であり、親切きわまりないものであった。たとえば、「良寛の漢詩や短歌はあとで推敲されているようだが、良寛の俳句は即興的で、良寛ならではの味わいがある。良寛の人間性を知る上で、良寛の軽い俳句が軽視できない。」と、村山氏のご指導は専門的な立場から適切であった。

新いけやかはづとびこむ音もなし

この句はもちろん、芭蕉の名句、

古池やかはずとびこむ水のおと

とよく似ているが、どうだろうか。この句にかぎっていえば芭蕉の句よりも良寛の句に、現代性があるのではないだろうか。それほど、良寛のもっている教養は時代を超えたものが、あるのだろう。国境をこえて全世界の人々が良寛を理解、敬慕するゆえんではないだろうか。また、芭蕉の境地と良寛の境地も、よく似ていることは私は否定はしないことは勿論である。

また、

鶯や百人ながら気がつかず

の句で、私は百人を百人一首と考えて、家内中で百人一首を調べて、鶯を詠んだ歌が百人一首には一首もないと知ったときの家内中の感動――現在、あらゆる世界で感動の失われた時代に、良寛のように身をふるわせるような感動を与えてくれる人がほかにいるだろうか。私の独断と偏見をご厚情と友情で許してくれた考古堂・柳本雄司会長、大きい視野で包含してくれた俳人・村山砂田男氏、また、親身になって編集にたずさわってくれた出版編集部の角谷輝彦氏、私はそれぞれに心よりの感謝をささげたい。

この原稿をあげて、明日から私は長崎に旅をする。現在、良寛の長崎行は疑問視されている。長崎をふく風に良寛さまはいらっしゃるのかどうか。いるとすれば、エキゾチックな長崎の風景のなかでどんな色どりなのであろうか。私の良寛への旅は、これからも、まだまだつづいていく。

小林新一（こばやし・しんいち）

一九一七年、福島県伊達郡保原町に生れる。旧制新潟中学卒。写真家・浜谷浩氏に師事。第一港湾建設局写真部に勤務。新潟の地盤沈下、北朝鮮帰還船を発表、日本写真批評家協会新人賞の候補に選ばれ、一九五八年プロに転向。

共著に『良寛のふるさと』（東京新聞出版局）『良寛の風景』『良寛の名歌百選』『良寛の名特選』（考古堂）など。

村山定男（むらやま・さだお）俳号・砂田男

一九二四年、新潟県松之山町に生れる。新潟県立高等学校長を経て、新潟工業短期大学（国文学）講師など歴任。

日本俳文学会会員、俳人協会会員。「万緑」同人。「蓮」顧問同人。

著書、句集『いさご』（東京白楊社）。『山の音』（東京共文社）。『砂田男集』（東京感動律社）。『郷關』（東京近代文芸社）。『小林一茶と越後の俳人』（考古堂）『越後の俳諧』（私家版）。『おくのほそ道―日本海紀行』（新潟日報事業社）など。

良寛の俳句

◆写真構成◆新装版

発　行――二〇一七年一月十日
写真と文――小林新一
俳句解説――村山砂田男（定男）
発行者――柳本和貴
発行所――㈱考古堂書店
951-8063 新潟市中央区古町通四番町
電　話（〇二五）二二九―四〇五八
ＦＡＸ（〇二五）二二四―八六五四
印刷所――㈱第一印刷所
950-8724 新潟市中央区和合町二―四―一八
電　話（〇二五）二八五―七一六一

ISBN978-4-87499-856-4　C0092